Quand les trains passent...

Une collection dirigée par Jeanne Benameur et Claire David

Des textes d'un seul souffle. Les émotions secrètes trouvent leur respiration dans la parole.
Des textes à murmurer à l'oreille d'un ami, à hurler devant son miroir, à partager avec soi et le monde.

Illustration de couverture :
Anne-Marie Adda

Conception graphique :
Guillaume Berga

Titre original : *När tågen går förbi*

ISBN 978-2-7427-6693-2

Loi 49-956 du 16 juillet 1949
sur les publications destinées à la jeunesse

D'UNE SEULE VOIX

Quand les trains passent...

Malin Lindroth

Traduit du suédois par Jacques Robnard

ACTES SUD JUNIOR

À présent je vais vous raconter exactement comment ça s'est passé. J'ai fait quelque chose de terrible à Suzy Petterson.

J'ai bouleversé sa vie. Ça s'est passé si vite... On ne peut pas s'imaginer comme ça va vite de foutre en l'air la vie de quelqu'un avant qu'on l'ait fait soi-même. Deux minutes... peut-être trois... c'est tout ce que ça a demandé. Après, c'était fait.

Bien sûr, je pourrais venir avec des excuses.
C'était il y a longtemps, je pourrais dire. J'étais jeune... et conne... à l'époque, j'avais quinze ans... et je savais pas grand-chose. C'est un truc comme ça que je me dis chaque jour depuis dix-sept ans.

"J'étais jeune." C'est seulement ce qu'on dit. Pour se sentir mieux à l'aise, je présume.
Mon mari dit qu'il faut que j'oublie.
Mais comment je dois faire ?
C'est une histoire pénible. Difficile à raconter. Sûrement difficile à comprendre. Mais je voudrais quand

même essayer… si ça marche…

Elle s'appelait Suzy Petterson. Mais on l'appelait Suzy P. Elle était dans la même classe que moi, dans le secondaire. C'était dans les années 1980. C'était comme si elle avait toujours été là. Depuis la maternelle. Et pourtant je pouvais pas dire que je la connaissais bien. Il n'y avait personne dans la classe qui la connaissait vraiment.
On la trouvait vraiment pas possible.
Bouchée à l'émeri, comme on dit.
Silencieuse et pâle, avec ses grands yeux sous sa frange, elle flippait. Toujours à l'écart, assise toute seule au premier rang… elle se mordait les lèvres.

Et puis ces fringues bizarres qu'elle avait… Y avait des rumeurs qui disaient que sa mère, qui travaillait comme aide-ménagère chez les retraités, récupérait des vêtements qu'elle lui rafistolait. Mais on ne savait jamais rien de sûr quand il s'agissait de Suzy P.

Elle était quelqu'un qui était toujours en dehors de tout. Je n'arrive pas à me souvenir que je l'aie vue avec quelqu'un d'autre. "Vous pouvez travailler en équipe, deux par deux…" disaient les profs. Deux par deux au basket !… Deux par deux pour faire la queue à la cantine. Elle était toujours "en plus".

Mais un jour – c'était en troisième – y a quelques garçons qui ont voulu se payer la tête de Suzy P.

On a vu qu'elle avait la trouille quand ces garçons-là se sont approchés d'elle dans le couloir et lui ont dit qu'ils voulaient lui parler. C'étaient trois des mecs les pires de toute l'école… des mecs vachement baraqués, de ceux qui faisaient la loi… et elle a cru qu'ils voulaient lui chercher des emmerdes. La frapper peut-être. C'est des choses qui arrivent.
Elle a essayé de se tirer. Mais ils lui ont barré la route.

“Du calme ! a dit l’un. On va rien te faire.”
“On voulait seulement te dire qu’on en connaît un qui trouve que tu es vachement bien…”
Et Suzy P. de regarder bêtement. Elle comprenait rien.
“Mais bordel ! Réveille-toi, Suzy P. Tu as bien dû remarquer qui c’était !”
“Allez ! Réveille-toi, bordel ! Le mec est vachement amoureux de toi. Tu pourrais quand même lui donner une chance, non ?”
Donne-lui quand même une chance, Suzy P. !
Tout ça, c’était cruel grave. Vous pigez, tout le monde savait que c’était

une blague. Toute la classe le savait. Moi aussi.

Seulement que personne croyait qu'elle marcherait dans l'histoire. Nous avions cru qu'elle comprendrait que personne n'en avait rien à faire d'elle. C'est ce qu'on pensait à ce moment-là. Que c'était un canular si jamais quelqu'un avait voulu se mettre avec une gonzesse de son genre.

On avait tous cru qu'elle comprendrait. Mais elle n'a rien compris. Au contraire, la nana s'est emballée, ses yeux ont commencé à briller... oui, de bonheur presque.

"Qui c'est, alors ?" est-elle parvenue à dire.

“On peut pas te le dire.”

“Dites le nom…”

“Tu verras bien quand tu viendras au terrain de foot, ce soir à sept heures.”

“Comment… Quoi ? Au terrain de foot…”

“Allez, viens ! Tu peux quand même lui donner une chance.”

“Bon, d’accord ! Okay !”

Idiote !

On trouvait que c’était une idiote. Une grande idiote qui n’avait qu’à s’en prendre à elle-même. Il faut avoir conscience de qui on est et savoir rester à sa place. C’était bien avant que je comprenne jusqu’où un être humain est capable d'aller… jusqu'où une fille peut dégringoler pour se sentir… oui, aimée. Je veux dire… on veut être avec quelqu'un. Rien à dire là-dessus. C'est tout à fait normal. Et parfois on fait des trucs… complètement débiles… pour accrocher quelqu'un. D'une certaine manière, on était pareilles. Elle et moi.

Non, d'ailleurs… je ne sais pas… C'est peut-être une erreur de raconter ça. À quoi bon ressortir toutes ces vieilles histoires ? Elle est peut-être bien dans ses baskets aujourd'hui. Elle a peut-être surmonté tout ça. C'est peut-être moi qui…

Si on est okay, comme moi… si on a deux jolies petites filles, une vie sympa, un appart en copropriété avec tout ce qu'il faut, un petit bout de terrain à cultiver et un mari qui sait qui on est, qui on est vraiment, et comprend… alors il n'y a aucune raison de faire ressortir une vieille merde, pas vrai ?

Seulement…

Parfois, j'ai peur qu'elle se ramène et me mette en cause.

Qu'elle veuille se venger…

C'est stupide, je sais. Mais je n'arrive pas à me sortir ça de la tête.

Mon mari me dit qu'elle ne peut pas porter plainte.

Ça fait trop longtemps. Aujourd'hui, il y a prescription.
Elle ne se souvient même plus de moi, peut-être.
Qui sait ? Si on se rencontrait aujourd'hui en ville, elle ne me reconnaîtrait même pas. Ça n'aurait rien d'extraordinaire…
Je ne ressemble plus à ce que j'étais. À cette époque j'avais une permanente, une permanente à bouclettes… comme un caniche ! Et des bottines en daim bleu vif. Affreux ! Mais c'est ce qui était à la mode à ce moment-là.
Ben, on n'était pas des anges quand on avait cet âge-là. On traînait avec des types de la pire espèce. Des arnaqueurs,

des mecs qui séchaient l'école et de ceux qui ont l'habitude de se beurrer les vendredis soir. Cette sorte de cinglés. J'aimais bien leur style.

Des mecs qui ne toléraient pas qu'on leur marche sur les pieds.

Maman me disait : "Ma chérie ! Ne fais pas comme moi. Ne te marie pas et n'aie pas de gosses trop tôt. Pense à ton avenir, occupe-toi d'abord de ta formation."

Mais l'avenir, c'était pas mon truc. C'était loin… c'était hors de portée. Et plus j'essayais d'y penser, plus ça semblait s'éloigner.

C'était facile pour moi d'avoir des mecs. J'en avais toujours un.

L'année où on a fait ce truc avec Suzy P., j'étais avec un garçon qui s'appelait Johnny. Il était du style costaud. Genre hard rock. Il avait un blouson de cuir avec des clous, des rivets, des tas de chaînes et autres trucs. Il faisait exactement ce qui lui passait par la tête et moi je suivais.

Parfois, par exemple, quand ça nous bottait on allait se balader dans le tunnel du chemin de fer, on se collait à la paroi quand les trains passaient. On était là, on sentait le courant d'air.

Vachement super, c'était très dangereux.

Il arrivait qu'on pousse des cris. On hurlait comme deux cinglés quand on sentait le souffle de la vitesse.

Parmi les nanas qu'il connaissait j'étais la seule qui osait faire ça. J'étais plus sauvage… et plus adulte… que les autres dans la classe. C'est ce qu'il disait. Et puis il me faisait des cadeaux.
Des petites mascottes… vachement mignonnes… des petits ours, des petits lapins, des animaux de chez Disney en peluche et que j'avais toujours avec moi…

J'aimais me montrer avec lui dans les couloirs. Je voulais que tout le monde nous voie. Qu'on était ensemble.
J'étais vraiment amoureuse de ce mec.
J'étais prête à faire n'importe quoi pour le garder.

Ils avaient dit qu'ils allaient plaisanter avec elle, en bas sur le terrain de foot. Y avait pas à en faire une histoire. Juste un petit canular et si Johnny voulait, il pouvait en être. Je lui ai dit de laisser tomber, je n'aimais pas ça. Mais il a dit qu'il était partant. À cause des autres.

Ça faisait trois mois qu'on était ensemble. Il commençait à dire qu'il faudrait qu'on baise, c'était clair, et pas seulement qu'on s'embrasse, alors je comprenais, c'était du sérieux, il y avait vraiment quelque chose entre nous. C'est pour ça que je trouvais pas si marrant que ce soit lui qui fasse semblant de s'intéresser à Suzy P. Un autre aurait pu le faire, un qui n'avait pas de copine. Mais lui, il fallait toujours qu'il assure.

On était plusieurs à vouloir être dans le coup. Pour se marrer un peu.

On s'est cachés derrière un massif de broussailles pendant qu'il s'avançait vers elle.

Je ne sais pas depuis combien de temps elle était là à attendre mais on remarquait qu'elle était nerveuse.

Quand la nana a vu qui s'approchait d'elle, son visage a commencé à se bourrer de tics.

Ça avait l'air vraiment bizarre, c'était

comme si elle avait reçu un choc, quelque chose comme ça, mais je pense que c'était l'étonnement et l'émotion.
Elle ne s'était pas attendue à ce que ce soit Johnny, le beau mec.
Elle s'attendait à quelqu'un d'autre, un type qui serait plus comme elle. Il a dit quelques mots. Une connerie quelconque, une menterie, j'ai pas bien entendu. Mais ça l'a fait rire. Et puis il a approché la main pour caresser sa joue. La fille n'a pas bougé d'un pouce, comme si elle avait pris racine, là dans le sol ; elle fixait la main, comme si elle n'avait jamais vu une main auparavant…
"T'es super, Suzy…"

"T'es vachement super..."
Elle a eu l'air complètement paumée, elle fixait la main et ne savait pas trop quoi penser – "T'es super, a-t-il dit. T'es super, t'es vachement super..." Je me disais que si nous ne sortions pas rapidement de notre planque, comme on l'avait décidé avant, elle aurait une crise de nerfs.
"Je ne veux pas la toucher", avait prévenu Johnny. Et nous avions dit que c'était d'accord. Promis-juré, il ne serait pas obligé de la toucher.
Au moment où j'allais sortir de la cachette, il y a un type qui m'a prise par le bras, m'a retenue et m'a dit qu'il fallait attendre pour voir comment elle

réagirait. On pouvait pas arrêter au moment où c'était le plus intéressant, disait-il.

J'ai bien essayé de me libérer mais le type me tenait fermement. Et il m'a mis la main devant la bouche, aussi.

Alors Johnny est resté là en plan... Il était mal...

"T'es super, c'est dingue ce que t'es super... t'es..."

À la fin, il a bien été obligé de lui caresser la joue...

"T'es..."

Brusquement, il a retiré sa main.

Putain ! Qu'est-ce qu'il nous a engueulés après !

On voulait seulement plaisanter ! se marrer… Pourquoi, mais pourquoi elle n'a pas compris ? Elle aurait dû se rendre compte… que c'était bidon. Ça se voit bien quand même à la tête d'un mec. C'est quelque chose qu'on sent… Pas vrai ?

Non, peut-être pas. En tout cas pas elle.

Elle y croyait, oui, elle croyait vraiment… oui, qu'on l'aimait.

Après ça, elle s'est très vite transformée. Déjà le jour après cette plaisanterie, elle est arrivée à l'école avec une nouvelle coiffure, des mèches et du maquillage, elle avait complètement changé, elle était une autre…

Oui, mais elle avait l'air ridicule. C'était pas son style. Et puis alors, quel rouge à lèvres ! Trop rouge. Beaucoup trop foncé ! Elle ne comprenait vraiment rien, pourquoi ? Tout le monde se foutait d'elle.
Le pire, c'était qu'elle ne lâchait pas Johnny.
On peut dire qu'elle le poursuivait. Partout… où qu'il aille… à l'école… en ville… au kebab… elle le suivait. Ça n'avait aucune importance si j'étais là… s'il me tenait par la main. Elle ne le lâchait pas d'une semelle.

C'est clair, ça m'a foutue en colère. En colère, grave.
C'est des choses qui arrivent.
Dès que je me retournais, elle était là, un peu plus loin.
À regarder bêtement. Elle disait rien. Elle était seulement là, à regarder comme une conne attendant que Johnny dise quelque chose… fasse quelque chose… je sais pas quoi.
Je voulais lui dire – non, je voulais lui crier, direct – qu'elle était une petite salope et qu'il fallait qu'elle nous foute la paix, qu'elle nous lâche. Je voulais hurler : "Regarde-toi, tu es moche ! T'as les fringues pourries récupérées par ta mère chez les retraités qui ont

pissé, bavé dedans, dans lesquelles ils sont morts. Avec ton air bête tu ricanes comme une tarée et ton rouge à lèvres est un rouge de pute. Comprends ! Comprends donc, il ne veut pas de toi !" Mais Johnny et ses potes m'ont dit de la boucler.

Ils commençaient à avoir des idées.

Ils ont dit qu'ils avaient changé d'avis. Au début, ils n'avaient pas pensé pousser plus loin la plaisanterie. Quand ils ont vu comment elle était tombée dans le panneau et faisait tout pour plaire à Johnny, ils ont voulu continuer.

D'abord j'ai dit que ça paraissait morbide et que je ne marchais pas dans la combine. Et puis j'ai fini par accepter.

Fallait pas que je me montre avec Johnny, m'ont-ils dit. Fallait faire semblant que c'était terminé entre Johnny et moi.

À la place, il serait avec elle.

Ils voulaient voir jusqu'où l'expérience pouvait aller avant qu'elle s'aperçoive que c'était une blague !

Ça ne durerait pas si longtemps. Quelques jours… une semaine, pensaient-ils…

J'avais peur que Johnny me laisse tomber. J'avais toujours peur qu'il me laisse tomber.

On était comme ça à cette époque.
Lâches, et on l'est encore aujourd'hui.

On était si proches l'un de l'autre ! Si proches ! L'un contre l'autre, dans le tunnel ! Quand les trains passaient. Je ne sais pas à quoi on pensait... Dire qu'on osait. C'était vraiment très dangereux, on risquait sa vie. Quand les trains passaient, il me tenait très fort serrée contre lui. S'il ne l'avait pas fait... s'il m'avait lâchée, j'aurais été aspirée vers les rails, c'était la mort en une demi-seconde.
C'était clair, il ne me lâcherait jamais.
J'avais confiance en lui.

Il arrivait que je le mette à l'épreuve. Quand il était derrière moi et me tenait par la taille, je pouvais peser de tout mon poids et me pencher par-dessus son bras… un peu… un peu plus… encore un peu… seulement pour voir si, comme il disait, il faisait tout pour me protéger.

Je m'en souviens très bien. Le vertige. Les rails… Un peu plus. Encore un peu – encore un peu… Les lumières des compartiments… les visages derrière les fenêtres… son bras qui se tendait comme un arc. Le souffle de la vitesse… Un peu plus. Encore un peu – encore un peu…

Celle qu'on aime, on la tient fermement.

On la tient très fort. C'est prouvé.
Mais c'est de Suzy P. que je devrais parler.

Je ne sais pas comment il a fait, ce qu'il lui a dit. Mais en tout cas ils étaient ensemble. Ensemble, mais pas pour de vrai. Quoique pour elle c'était pour de vrai. Si vrai qu'elle ne se rendait même pas compte qu'autour d'eux, tout le monde était plié de rire quand ils arrivaient comme un couple dans les couloirs de l'école.
Il la tenait par la main. Il faisait toujours ça… Parfois, il faisait des trucs derrière son dos.

Il pouvait marcher à ses côtés en la tenant par l'épaule et en même temps lui coller son chewing-gum dans les cheveux ou sur le cul sans qu'elle s'en aperçoive.
Ou bien faire des grimaces, faire le pitre quand elle ne le voyait pas.
"T'ES SUPER... T'ES VRAIMENT SUPER."
Ce genre de saloperies.
Il faisait joujou avec elle comme un sale gosse joue avec un jouet qu'il finit par détester.
Pas seulement lui. Nous tous aussi on jouait avec elle.
Elle arrivait avec des rouges à lèvres de plus en plus rouges. Jusqu'où ça peut-il aller ?

Quelques jours, une semaine, avaient-ils dit. Les semaines devinrent un mois et elle ne comprenait toujours rien.
Bien au contraire.
Plus le temps passait, plus elle se sentait sûre d'elle, sûre qu'ils s'aimaient. C'était comme si rien ne la touchait. Ni les regards, ni les rires. Pas même quand ils ont commencé à faire des paris, elle ne remarquait rien. C'était incompréhensible.
En classe, ils faisaient circuler des listes sur lesquelles on écrivait son pari, elle ne remarquait absolument rien.
Il y avait plusieurs alternatives. Combien de temps passerait avant que

Suzy P. s'aperçoive qu'elle avait été menée en bateau ?
Un mois ? Six mois ? Quelqu'un a même écrit JAMAIS.
JAMAIS elle ne s'en apercevra.
Bon, qu'est-ce qu'on pouvait croire…

J'en étais malade de voir ça. Je veux dire – qui n'aurait pas été malade ? C'est une réaction naturelle que personne ne peut contester. Je trouve qu'il aurait pu me faire un signe, me jeter un regard, me dire un mot ou bien la plus petite chose pour me montrer que nous étions toujours ensemble.
Pas un regard. Rien.

C'était la solitude. Je n'avais personne, à part lui. Ça, je n'y avais pas pensé... J'avais cru avoir des amis, des copains, mais à présent je m'apercevais que c'étaient seulement les siens. Je n'avais personne à qui parler. Je restais seule pendant les pauses et les récréations.

Bientôt, en classe, ils se sont mis à me regarder bêtement et à ricaner quand ils me voyaient. Tout d'un coup, maintenant, c'était moi le sujet de la risée et plus Suzy P.

Ils étaient capables de me demander : "Alors où il est ton mec ?", "T'as de la concurrence, hein ?"... faire ce genre de commentaires, alors qu'ils

savaient exactement ce qu'il en était.
C'était là, sans doute, de l'humour.
Vachement drôle. Des humoristes de merde, oui.
Un peu plus tard, j'ai eu des problèmes d'insomnie. Il y avait trop de choses merdiques auxquelles penser…
Trop de choses qui tournaient dans la tête… Trop de… bordel… là-dedans.
Je ne pouvais pas me détendre.
Je ne pouvais pas manger grand-chose non plus.
Maman me disait : "Tu es devenue si pâle, tu as les joues creuses… On dirait un cadavre. Ne fais pas comme moi, prends soin de ta peau, ne néglige pas ton teint si jeune, si frais…"

“Un sourire, c’est le meilleur des maquillages.”
Merde !

Et puis j’ai commencé à être furieuse. Je veux dire… Il se prenait pour qui, cette merde ? Dieu ou le président de la République ? J’avais bien d’autres choses à penser… il y en avait d’autres qui étaient intéressés…
Un soir je suis allée dans le bois et j’ai brûlé les mascottes. Les lapins, les nounours, tout ce dont il m’avait fait cadeau. Même le petit cochon Mimi qui était le plus mignon de tous. Celui qu’il avait payé je ne sais pas combien un jour qu’il était bourré, qu’il voulait

tout me donner. Un Mimi vachement mignon. Grand comme ça. Avec un costume. Et des jolis petits nœuds… Putain comme il a cramé !
Foooosch !… Foooosch !… Ça faisait du bien… C'était chouette ! Bien fait pour sa gueule ! Foooosch !… Ça faisait Foooosch !
Tout simplement Foooosch !… Bon Dieu ! Ça crépitait grave ! C'était super beau…

Après, je ne me sentais pas terrible. J'arrivais pas à comprendre ce que j'avais fait…
Je veux dire… il voulait tout me donner, ce qu'il y avait de plus cher, de plus

beau… c'est pas si habituel que quelqu'un veuille tout donner, hein, et puis moi qui fous le feu à tout ça… C'est presque de la maladie mentale, non ?
"Un sourire, c'est le meilleur des maquillages."

Ensuite, c'est devenu pire.
Ses potes – les salauds ! – ont commencé à lui lancer des défis.
Ils ont réussi à lui faire faire des tas de trucs dégueulasses avec la Suzy P. "Embrasse-la !" disaient-ils… "Quoi, bordel ! T'auras vingt balles si tu le fais…" "Cinquante." "Okay, mais avec la langue, quarante-cinq ?… Okay ! C'est d'accord, mais avec la

langue maintenant ! On verra bien si tu triches !"
Et il l'a fait. En plein milieu du couloir. Oui ! Avec la langue ! C'est bien ce que je dis.
"Prends-lui les nibards !" ils ont dit.
"Jamais de la vie !"
"Trente balles !" "Quarante." "Trente-cinq !"
Et il l'a fait.

Je ne savais plus ce que je devais faire. Je ne pouvais pas supporter. Ça n'allait plus. J'étais en train de devenir folle. Est-ce que je devais tout lui raconter ? Lui lancer tout en pleine gueule ?
Non, c'était pas la bonne idée. Si je

foutais en l'air la farce, Johnny ne me le pardonnerait jamais et ça serait de toute façon fini entre nous.

Un jour, au kebab, je lui ai quand même dit. J'ai pas pu m'en empêcher quand je l'ai vue assise toute seule : "Tout ça c'est du bidon. C'est toi la victime de ce canular." C'est ce que je lui ai dit. Elle ne voulait pas me croire. Elle était là assise et ricanait.

Elle m'étudiait en me dévisageant comme si j'avais été une sorte de bestiole…

Je me demandais si elle n'était pas "dérangée". S'il n'y avait pas un problème avec son cerveau. On aurait dit. Elle écoutait tranquillement tout ce que je disais. Mais on aurait dit qu'elle comprenait que dalle. Elle a dit quelque chose… sur la jalousie.

Elle pensait que c'était moi – moi ! – qui avais des problèmes.

Ces yeux-là… quand elle me regardait… on finissait par devenir barge. Elle me regardait comme si j'étais une moins que rien… style acarien… une poussière… rien…

C'est devenu tout noir dans ma tête, mon seul problème, c'était elle.

“C'est toi, c'est toi, c'est toi-même qui es le canular, Suzy P.”

Je voulais la gifler. Lui foutre un coup sur la gueule. C'était pas loin.

Je dis à mes enfants : Occupez-vous de vos affaires. Dans la vie, ce qu'il y a de plus important, je leur dis, c'est de s'occuper de ses affaires. Trouver quelque chose à soi.
Un appart et tout ce qu'il faut avec. Quelque chose de sûr, dans les règles. C'est ça qui est important.
N'allez pas dans le tunnel, je dis à mes enfants. Ne restez pas trop près de la voie quand le train passe. Vous comprenez… c'est tellement facile, c'est vachement facile de faire un pas de côté, un seul mauvais pas, alors on est happé et y a pas de retour…
Il y a tellement de risques.
Quand la navette passe, il faut que vous

soyez dans votre lit. La lampe de chevet allumée. Peut-être vous sentirez le lit vibrer un peu quand les trains passent… et vont ailleurs… loin… mais c'est tout. Ce sera comme si on vous berçait…
Mon mari dit que je me fais trop de soucis. Que je les surprotège.
Il a peut-être raison.

C'est pas parce que je ne pouvais pas avoir un autre copain. Il y en avait qui étaient intéressés. Je l'ai déjà dit et c'est la vérité.
J'aurais pu avoir qui je voulais si j'avais vraiment voulu… Kevin, Nino, n'importe qui… C'est pas parce que j'aurais été moche ou chiante ou

complètement tarée… que j'aurais pas pu avoir quelqu'un. Non, ça c'était pas mon problème.
C'est moi qui étais exigeante, ces mecs-là c'était rien pour moi… Certains faisaient du sport… c'était pas mon style. D'autres avaient aucun respect… ils ne faisaient que peloter, pincer, te coincer, essayer de t'embrasser… sans aucune tendresse…
Johnny n'était pas comme ça. Il était sensible. Il avait des sentiments. Certains le trouvaient excité. Mais ils le connaissaient pas. Qu'est-ce qu'ils savaient de lui ?
Il disait que quoi qu'il arrive, si quelqu'un m'emmerdait ou me manquait de

respect, il lui rentrerait dedans, direct ! C'est comme ça qu'il résoudrait le problème.

Ce qu'il a fait de plus chouette ?... Il y en a tellement...

Il y a une chose dont je me souviens... C'était un jour d'hiver, il neigeait... Il a tiré la fermeture éclair de ma doudoune. Il faisait vachement froid, moins vingt au moins... Il a tiré la fermeture éclair... jusqu'en haut... et m'a dit qu'il fallait que j'aie bien chaud... que je prenne soin de moi... D'accord, c'est peut-être pas un truc génial vous me direz, mais pour moi ça l'était. "Il faut que tu aies chaud, il a dit, et que tu fasses gaffe à ta santé..."

C'était chouette. C'était quelque chose de nouveau.
Mais c'était bien avant que les gars aient commencé à se moquer de Suzy P.

Et puis le pire est arrivé… Juste avant Noël. C'était au moment de la fête de Sainte-Lucie… à l'école. Je suis allée voir Johnny, je lui ai dit ce que je pensais. Que maintenant ça suffisait.
Je n'avais pas pensé que ça pourrait aller aussi loin.
Au début ça s'est assez bien passé.
Il avait les larmes aux yeux et me disait que je lui manquais.
Je lui ai dit qu'il fallait qu'il choisisse,

elle ou moi ?
Il disait que c'était un canular et qu'elle n'était rien pour lui.
"Comment je pourrais le savoir ? De la manière dont tu te conduis avec elle…" je lui ai dit.
"Donne-moi une preuve… comme ça je saurai que tu dis vrai."
J'aimais la manière dont je lui ai dit ces derniers mots.
D'une voix belle et tranquille. Je me sentais bien.
Comme si à présent c'était moi qui avais le pouvoir.
"Quoi, quoi ? Quoi donc ? Quoi comme preuve ?"
Je lui ai expliqué, avec la même voix

belle et tranquille, que je ne pouvais pas savoir s'il était sérieux avant qu'il me le prouve.

Qu'il me donne une preuve... une preuve d'amour... C'est ce que je lui ai dit, je crois. Quelque chose de concret, qui ait une signification, quelque chose de géant.

J'ai réussi à lui faire promettre. Il le ferait.

Juste après minuit, ils avaient disparu. Je les ai cherchés partout... dans la salle de danse, sur les bancs, dehors aussi... ils n'étaient nulle part. Je ne sais plus combien de temps j'ai cherché.

Une heure peut-être. Ou plus. J'étais presque sur le point d'abandonner et de rentrer à la maison quand j'ai entendu du bruit.

Ça venait de derrière la porte d'une salle de cours. La salle de chimie, je crois. En tout cas ça venait du couloir du troisième étage.

J'étais seule là-haut, y avait que moi. Je me suis arrêtée et j'ai tendu l'oreille. On entendait, comment j'pourrais expliquer… comme des sortes de gémissements… très faibles… très plaintifs… J'avais jamais entendu quelque chose de pareil.

Je pensais : Il faut que je parte d'ici et que j'oublie tout ce que j'ai entendu. Faut-que-j'parte-d'ici-faut-qu'j'oublie-tout-c'que-j'ai-entendu…

Et puis j'ai quand même poussé la porte.

Elle était allongée là. Ils étaient là.
Et moi j'étais là.
Personne n'a rien dit.
Ça puait là-dedans. L'alcool, la pisse, le vomi…
Moi ici, elle là…

Suzy P. Bordel… tu devrais… relève-toi…
Ils étaient quatre. Lui et ses copains. J'ai compris qu'ils avaient… été sur elle. Qu'ils l'avaient baisée… On comprend pourquoi elle était complètement à poil. Ou presque. Elle n'avait qu'une paire

de bottines en daim… mes bottines en daim, les bleues…
“PUTAIN QU’EST-CE QUE VOUS AVEZ FAIT ? MAIS PUTAIN QU’EST-CE QUE VOUS AVEZ FAIT ? QU’EST-CE QUE VOUS AVEZ FAIT, PUTAIN ! VOUS M’AVEZ PIQUÉ MES BOTTINES ? OU QUOI ?”
Elle était là, allongée… tout à fait calme… Elle me regardait bêtement… poussait de petits gémissements… me regardait fixement… Ses yeux me demandaient de faire quelque chose… L’aider, je présume. Qu’est-ce que je pouvais…

Et lui, il était là, le cul nu.

“VOUS L’AVEZ BAISÉE ET VOUS LUI AVEZ DONNÉ MES BOTTINES ! BANDE DE FUMIERS !”
Il était sur le point de pleurer, il a dit un tas de choses gentilles du genre de ce qu’il disait autrefois, avant que tout ça n’arrive.
“Chérie, il m’a dit, il n’y a que toi et moi, tu le sais. Pour toujours. Elle, elle ne compte pas. C’est seulement une plaisanterie, une touffe, rien d’autre…”
“PROUVE-LE ALORS !”
“Mais c’est ce que je fais…”

Il a dit que je pouvais rester. Ou m’en aller. Comme je voulais.
Je suis restée. Je ne sais pas pourquoi.

Ils étaient quatre sur elle.
Ils lui ont tout fait. Au début il y en avait un qui la tenait pendant que les autres faisaient leurs affaires.
Ensuite, ce n'était plus nécessaire. Elle était allongée, tranquille.
Allongée là et me regardait droit dans les yeux… Ce regard… c'était comme un putain de… venin… qui envahissait tout mon corps… qui allait dans le sang… et me paralysait…
Je ne pouvais plus bouger, j'étais plantée là, je regardais ce qu'ils faisaient. Ils recommençaient, ils remettaient ça…
Ça a duré… des heures peut-être, parce que le ciel devenait plus clair, le jour se levait…

On n'en a pas parlé ensuite. Elle a été absente de l'école.
Longtemps. On était de nouveau ensemble, lui et moi. J'essayais d'oublier tout ce qui s'était passé – essayais de penser à autre chose. Malgré tout, c'était toujours présent.
C'était une sensation bizarre. Je savais que ce que j'avais fait était presque pire que le truc des garçons, la tournante quoi, si on peut appeler ça comme ça.
Pourtant je me sentais complètement okay, mieux que je ne l'avais été depuis longtemps.

C'était comme si, après ce qui s'était passé, Johnny et moi on se sentait plus proches l'un de l'autre… comme si on partageait quelque chose, qu'on ait besoin l'un de l'autre plus que jamais.
C'est pas correct de penser comme ça, je sais ; je suis de celles qui souvent ne pensent pas correct, mais c'est comme ça.

Deux flics sont venus le chercher. Un jeudi soir. Il a été arrêté et incarcéré. Ils ont dit qu'elle avait porté plainte.
Ça doit être quelqu'un d'autre qui l'a poussée à faire ça. Sa mère ou quelqu'un d'autre. Elle, elle n'aurait jamais dit quoi que ce soit.
Il a nié. Ils ont convoqué d'autres

garçons pour les interroger. Mais tous ont été de son côté… du nôtre… du sien et du mien.

J'ai été interrogée. J'ai nié.

Après il y a eu le procès.

Dans la salle d'audience, j'étais assise au premier rang et j'ai répondu aux questions. On aurait dit qu'ils la soupçonnaient d'avoir été consentante. Il y a des nanas qui aiment les trucs un peu hard. Je crois qu'ils l'ont prise pour une de ce genre. La moitié de l'école était là. Elle aussi bien sûr. Elle était assise à côté de sa mère et gardait les yeux baissés…

Elle croyait peut-être que j'allais flancher, au moment où il fallait dire la vérité, mais je ne l'ai pas fait. J'ai menti.

“Je n’étais pas là. Je n’ai rien vu.”

“Non… je ne sais pas… non…”

“Mais elle a été amoureuse de lui longtemps. Elle a été longtemps avec lui. Elle a flirté…”

Alors elle a levé les yeux et m’a regardée fixement. Sa bouche s’ouvrait et se fermait comme si elle voulait dire quelque chose, ou hurler, mais elle changeait d’avis. C’était bizarre.

La seule chose à laquelle je pouvais penser, c’était mes bottines en daim. Personne n’en avait parlé… et je voulais savoir quand et comment je pourrais les récupérer. Ça m’énervait en quelque sorte.

Qu’ils pouvaient garder une paire de

chaussures aussi chères sans donner un dédommagement… ou même pas s'excuser pour ça.
C'était comme s'ils s'en foutaient complètement.
Comme si elle était la seule au monde qui ait de l'importance et avait à présent une signification… Tout ça parce qu'ils l'avaient sautée.
Mais je voulais aussi être sympa.
Même si moi, ils ne m'avaient pas sautée…

Après, il était tout fringant. Vachement joyeux. Tout avait marché comme il avait voulu. Quand on est sortis du tribunal, il m'a soulevée, m'a fait tournoyer dans les airs et m'a appelée son ange… sa princesse… des tas de trucs comme ça.

Sur le moment je n'avais pas le sentiment que nous avions fait quelque chose de mal… Je me sentais tout simplement en pleine forme…

J'avais l'impression que c'était nous… c'était vraiment nous qui… qu'on avait résolu le problème ensemble… et que maintenant plus jamais dans la vie, toute notre vie, on ne serait… seuls.

Ça a fonctionné comme on l'avait espéré et cru.

Il a été acquitté. Les autres aussi. Ils ont dit qu'il n'y avait pas assez de

preuves. “La preuve du viol n’a pu être établie.” C’est ce qui a été écrit dans les journaux.
Un peu plus tard elle a quitté l’école. Personne ne sait où elle est partie. Il y avait des rumeurs qui parlaient de psycho pour ados.
Mais personne ne savait plus rien sur elle, Suzy P.

Je ne sais ce que je pensais à l’époque… Je devais penser que je pourrais oublier. Je croyais que le mensonge s’atténuerait et ne voudrait plus dire grand-chose au fil des années. Mais rien ne disparaît. C’est comme si… je ne sais pas…
On peut être assise là, au parc pour

enfants, au milieu d'autres mamans, parler de ses gamines et de ce qu'on va faire le prochain week-end… aller à la piscine, faire les magasins de fringues en ville… on sent que les autres vous regardent… dans les yeux et d'une certaine façon voient qu'on a fait un truc aussi moche…
C'est comme si on était marqué au fer rouge.
Comme si on appartenait à une autre espèce, une espèce inférieure qui en fait ne pourrait pas s'asseoir au milieu des autres mamans. Comme si on n'en avait pas le droit.
J'ai essayé d'en parler à l'une d'elles… mais ça sonnait faux, c'était gênant.

Je ne sais pas à qui en parler.
Je me demande pourquoi je vous en parle.
Par moments, j'ai l'impression de la voir. Quand je vois une pauvre fille en ville… une alcolo… une dingue prostrée ou qui gesticule… une SDF… quelqu'un dans le genre… je suis presque sûre que c'est elle, que ça pourrait être elle.
J'ai bousillé sa vie. Je le reconnais maintenant.

C'est comme ça.

Je ne sais pas ce que je peux dire de plus ou ce que vous pensez.

Merci de m'avoir écoutée.
C'est un soulagement de l'avoir dit.
À présent, je vais rentrer à la maison.
Ils m'attendent. Il a préparé à manger.

La nourriture refroidit. Il faut que je parte.

Juste une chose encore. Je n'avais pas pensé vous le dire mais… plus tard on s'est mariés, Johnny et moi.
Le jour de mes dix-huit ans et depuis je suis toujours avec lui.
Ça fera dix-sept ans en mars prochain.

Notre premier enfant, ça a été une fille.
Le deuxième aussi.

Je ne peux pas vous en dire beaucoup plus sur ce qu'on a vécu depuis. Mais je pense que c'est une sorte d'amour.

Une sorte d'amour, je pense.

Sinon, comment appeler cela ?

Ce texte a été créé en France par la compagnie
La Métonymie dans une mise en scène
de Tiina Kaartama au Centre culturel suédois
à Paris en février 2007.

L'AUTEUR

Née en 1965, Malin Lindroth vit près de Göteborg, en Suède. Licenciée en philosophie et en psychologie, elle est écrivain (poésie, nouvelles, romans), auteur dramatique et journaliste culturelle.

DANS LA MÊME COLLECTION :

JEANNE BENAMEUR
Le Ramadan de la parole

BERNARD FRIOT
Rien dire

CATHERINE ZAMBON
Kaïna-Marseille

Achevé d'imprimer en février 2007
par l'Imprimerie Floch à Mayenne pour le compte des éditions
ACTES SUD, Le Méjan, Place Nina-Berberova, 13200 Arles.

Dépôt légal - 1re édition : mars 2007 - N° impr. 67686
(Imprimé en France)